ISBN-13: 9798845844057
ISBN-10: 1477123456

Cover design by: Art Painter
Library of Congress Control Number: 2018675309
Printed in the United States of America

Guarda come appoggia la guancia alla sua mano: Oh, potessi essere io il guanto di quella mano e poter così sfiorare quella guancia!

D'ora in avanti tu chiamami "Amore", ed io sarò per te non più Romeo, perché m'avrai così ribattezzato.

WILLIAM SHAKESPEARE

Contents

In questa mia raccolta di aforismi provo a mettere a nudo il mio piu' intimo "Io", quello in cui il rossore e l'imbarazzo, cedono il passo alle emozioni anche quelle piu' oscure. Tutto parla di me, in ogni frase e parola non detta, troverete una donna come tante, una di quelle che non notereste perché non bellissima o almeno e' così che mi sono sempre sentita.

Dal passato travagliato alla sua sensibilità che la rende rara, unica, tra tante finte bellezze.

Custodisco segreti immensi che a pochi permetto di vedere e assaporare.

Un'anima ribelle e poco consona ad obbedire, una guerriera pronta a dimostrare ciò che è in grado di essere da sola. Una mente complessa e elevata, capace di condurti in viaggi così oscuri da risvegliare ogni senso e tutte le emozioni che hai sempre desiderato di provare ma che con pudore non hai mai fatto per svariate motivazioni.

Buon viaggio allora, non perdetevi ma imparate a riconoscere ciò che desiderate dal vostro partner.

Buona lettura!

Biografia

Sono nata nella ridente e piccola realtà della Basilicata, nella cittadina più alta d'Europa, Potenza. Un piccolo paese ingrandito nulla di più, dove ognuno sa tutto di tutti e amano chiacchierare e spettegolare. Nata nell'agosto del 1976, in piena notte, precisamente alle 3:00, da allora il mondo ha ben compreso che la pace era solo un meraviglioso ricordo.. Scherzi a parte, ho avuto una vita movimentata, fin da piccina ho dovuto imparare a cavarmela da sola, a difendermi con i mezzi che avessi per poter sopravvivere a tanto dolore.

Ho sviluppato una sensibilità che va oltre il normale, le loro debolezze e i dolori li sento lontani un chilometro.

La ragioneria è stata la casa in cui, con risultati discreti, ho cercato di costruirmi il futuro. Mi sono persa due anni, tra le tribolazioni di un'anima sempre in fiamme e maledettamente complicata. L'esordio era gia' la previsione di quello che sarebbe accaduto.

Dolori, sofferenze, persone sbagliate che hanno approfittato della mia bontà. Sono caduta tante volte e per altrettante ho trovato la forza per rialzarmi, ed eccomi qui pronta a condurvi nella mente di una donna con mille tempeste e una grande anima!

Aforismi erotici

Tutte le sfumature dell'anima

L'inferno

L'inferno

e' la rappresentazione

dei nostri famelici oscuri

in cui siamo liberi di viverci.

Peccato per i puristi,

lussuria per i veri amanti!

Un attimo

Il perverso li univa

tra il cuore e l'emozione

e fu in quell'istante,

che tutto ebbe un senso.

Il loro!

Alba

Ed io ti attesi

come si aspetta l'alba

di un nuovo giorno,

vogliosa e fremente passione!

Libera

Lasciami libera

di assaporarti l'oscuro,

permettimi lentamente

di bagnarti le paure

e bruciarti la ragione.

Amiamoci ora,

dove tutto tace

tranne il cuore!

Giochi proibiti

Giocammo

come piaceva a noi,

ascoltando la pelle

e perdendoci

l'uno nei perversi dell'altra!

Donna rara

Non potevano eguagliarla,

in tutto ciò che facesse

profumava di erotico,

diverso,

di vero.

Questo per le mediocri

era l'inferno,

per lei invece,

era un sorriso!

Folle amante

Lei è folle,

nessuno l'eguaglia,

ha un modo speciale di amare

e di essere amata.

Pochi fronzoli,

tutta perversione e forza.

Più è rude

e più le le piace.

Sono così strane le canali.

Ascolta

Amo tutto di noi passionali

e sapete perché?

Zero pregiudizi

e tutta emozione!

Complessa

Lei era erotica e perversa,

tentazione immensa

per chiunque.

Adorava entrare

nella mente degli uomini

e stuzzicarli,

lei però era Amore

per un solo vero!

Carnali

Una donna carnale

sa cosa desideri,

ti entra nel cervello

in uno sguardo

se è anche sensibile, sei perso,

è la perfezione!

Vestiti di te

Indosso solo

il peccato che vivo!

La lussuria

La lussuria

vive negli occhi delle guerriere,

non in quelle facili!

Mordimi

Mordimi lentamente,

assapora il mio peccato

e rinasci dentro me,

in ogni amplesso condiviso!

Spogliati

Il peccato

ti spoglia nella mente,

la perversione

accende il corpo!

Il gusto

Solo il gusto giusto

può scatenarti

la lussuria

più oscura!

La schiena

La schiena può leggerla

solo chi ha le chiavi

del tuo cuore

e ha già fatto l'amore

con il tuo inferno!

Invidia

Era l'invidia

di chi non osava

ma a lei non interessava.

Era nata libera

di essere

tutto ciò che desiderasse,

nessuno aveva il diritto

di etichettare il piacere

di cui era ignara!

Fantasia

Immagina

e dopo strappami

le paure!

L'oscuro

Lui era quel perverso perfetto,

capace di legarti al cuore

e di accenderti

bagnando le paure

trasformandole

nell'inferno perfetto!

Eccezione

L'unico momento

in cui permetto al mio uomo

di sottomettermi,

è quello in cui

deve afferrarmi la ragione

e regalarmi

tutto ciò che vuole!

Respiro

Appartenersi

è condividere lo stesso oscuro

e plasmarlo

in un'unica

e rovente emozione!

Erotica

Una donna erotica

puoi solo sognarla,

perché lei nasce

erotismo e peccato

in ogni sua minima movenza,

è perfezione nell'indecenza,

tanta per chiunque,

un tesoro per chi

è in grado di tenerla!

Ombre

Adoro l'uomo ombroso,

taciturno e acuto osservatore.

Colui che difficilmente

usa termini che non sente

ma che nel suo essere

duro e delicato,

è tutti i brividi

che ti fa provare

e le emozioni

che ti cuce nel cuore!

Desiderio

Il desiderio

vive solo

sulla pelle di colui,

che conosce l'amore

e vive intensamente

le sue emozioni!

Intenso

L'intensità

vive nel taciuto

e nasce nel godere

in tutto ciò

che ci provoca piacere!

Brucia

Bollente

era il pensiero che la turbava,

un'ossessione continua.

Il corpo ardeva

del suo nome,

era un continuo sentirlo,

la pelle urlava

le sue mani.

Tutto era suo,

ogni minima emozione e brivido

anche la ragione!

Lava

In un attimo

le tue labbra

di lava ricoperte,

incisero sulla mia schiena,

tutti i giochi

e i perversione

che desideravano urlare!

Vorace

Ho fame

ma non una qualunque,

quella vorace,

intensa,

profonda.

Solo tu

sai comprendere

e mai saziare!

Insaziabile

Era continuamente famelica,

indomabile, inarrivabile,

nessuno riusciva a placarla,

tutti erano poco

o appena accettabili.

Triste e rassegnata,

si racchiuse nel suo mondo.

D'improvviso lui,

a riscaldare la pelle

e ad infiammarle il cuore!

Empatia

L'empatia di essere parte

dello stesso sogno

e inferno

nel medesimo peccato.

Rude

Amami forte,

rude,

irriverente,

passionale,

voglio bruciare al tuo respiro

ed essere oscuro perverso!

Immenso

Sarò sempre

dodici centimetri di differenza

e l'immenso nel cuore!

Il diavolo

Il diavolo

quando incrociò il mio sguardo

s'inginocchiò…

Vittoria

Il diavolo

quando incrociò il mio sguardo

s'inginocchiò.

Comprese

che innanzi al perfetto

e al sovrumano sorriso,

non avrebbe mai vinto

e cedette al potere supremo

dell'anima!

Profumo

La pelle profuma d'inferno

i baci raccontano

il proibito!

Collezione

Vuoi vedere

la mia collezione di peccati?

Estasi

Tutto si bagna in amore

quando a sfiorarti

è il cuore giusto!

Urla

Famelica è la carne

che urla il tuo nome,

mordila,

bramala,

nutrila!

Immenso

Il dolore

è l'inizio

di un immenso piacere!

Gioca

Lui era bravo

a giocare

nel suo inferno,

lei a bagnargli

il cervello!

Provocare

Lei era così.

Amava provocargli piacere

e lui farla bagnare

senza sfiorarla!

Verità

I legami più intensi,

sono quelli in cui

vince la forza!

Bollente

Bollente era il pensiero

che la turbava,

un'ossessione continua.

Il corpo bolliva al suo nome,

la pelle urlava le sue mani.

Tutto era suo.

Compresa la ragione!

Sento

Il silenzio era tutto ciò che sentivo,

il buio di quella stanza

mi avvolgeva.

Il pizzo disegnava le mie curve

e gli autoreggenti

profumavano d'inferno.

Non ti vedevo

ma potevi sentire il tuo perverso

che mi cercava.

Io al muro,

le tue mani

mi scivolano sulla pelle,

che vibrava

ogni volta che l'accarezzassi.

Dimostrazioni

Niente parole,

niente promesse,

ci giurammo amore

ogni volta che ci baciammo,

irrefrenabile empatia

di anime e cuore!

Gustami

Il peccato

è come il tuo piatto

preferito,

va gustato ad ogni bacio!

Brucia

Brucia sul mio nome

ripetutamente,

sentimi,

mordimi,

bagna la mente

e ti regalerò

l'immensa vita!

Finzione

Non fingo orgasmi,

ne provoco molteplici,

urlati, goduti,

vissuti!

Profondo

Era tutto profondo,

quel rapporto famelico,

intenso, raro,

che solo una volta

lo s'incontra

e t'illumina la vita

per sempre.

Toccami

Sentirsi

è il primo passo

per goder del perverso.

Un solo oscuro

Solo lo stesso perverso

se fa godere i sensi

e scaldare il cuore!

Noi

Un morso

e poi un altro,

il peccato,

la passione.

Solo noi e l'immenso!

Vivi

Brucio di te continuamente,

sei la lava

e il peccato.

Infinita passione!

Pulsa

Mordimi lì,

in quel preciso punto,

dove la passione pulsa

e il cuore vive!

Guerriere

La lussuria vive

negli occhi delle guerriere

e non in quelli delle facili!

Le labbra

Le labbra

s'incontrarono per caso

e divennero

il perverso perfetto!

Silenzi

Il segreto per amarsi

vive nei silenzi taciuti

e in tutti gli orgasmi urlati!

Uomo

Lui era così

maledettamente schivo,

infinitamente peccato,

che al sol pensiero

il mio oscuro si bagnava

del suo nome!

Fuoco

Il fuoco

non ha bisogno

di indumenti inutili,

lui si veste di peccato!

Dolci dolori

Il dolore fisico

è il preludio

di tutto l'amore

che hai già fatto nella mente

e lo rivivi sul corpo!

Gusto

Il gusto più buono

è quello che ti parte dalla testa,

dai pensieri

e muore sulle labbra!

Desiderio

Rude e schivo

per il mondo,

era tutto ciò che desiderassi.

Fuoco,

forza,

perversione e Amore!

Tentazione

Lei era famelica,

insaziabile tentazione,

più la guardava

e più il suo impeto

non riusciva a contenersi.

Il suo desiderio

non trovava mai fine!

Muro

E venne l'uomo

che alle parole,

preferiva sbatterla al muro

e farla urlare di piacere!

Mani

Le sue mani

bramose di sentirla,

non erano mai prive

della sua pelle!

Sguardo

La passione

giunse in uno sguardo

e nei respiri

disegnò il perverso!

Cuore

Il tuo posto è lì

ad un passo dal cuore,

in tutti i miei peccati!

Cervello

E' molto più erotico

un cervello perverso

di un corpo qualsiasi nudo!

Mordile

Il morbido

attira sempre la mente

di colui che brama

la sua pelle!

Sfiorami

Lei era

un peccato da

sfiorare con cura

e amare per sempre!

Meredith Owen

Biografia

Sono nata nella ridente e piccola realtà della Basilicata, nella cittadina più alta d'Europa, Potenza. Un piccolo paese ingrandito nulla di più, dove ognuno sa tutto di tutti e amano chiacchierare e spettegolare. Nata nell'agosto del 1976, in piena notte, precisamente alle 3:00, da allora il mondo ha ben compreso che la pace era solo un meraviglioso ricordo.. Scherzi a parte, ho avuto una vita movimentata, fin da piccina ho dovuto imparare a cavarmela da sola, a difendermi con i mezzi che avessi per poter sopravvivere a tanto dolore.

Ho sviluppato una sensibilità che va oltre il normale, le loro debolezze e i dolori li sento lontani un chilometro.

La ragioneria è stata la casa in cui, con risultati discreti, ho cercato di costruirmi il futuro. Mi sono persa due anni, tra le tribolazioni di un'anima sempre in fiamme e maledettamente complicata. L'esordio era gia' la previsione di quello che sarebbe accaduto.

Dolori, sofferenze, persone sbagliate che hanno approfittato della mia bontà. Sono caduta tante volte e per altrettante ho trovato la forza per rialzarmi, ed eccomi qui pronta a condurvi nella mente di una donna con mille tempeste e una grande anima!

Acknowledgement

"Spero che questo piccolo viaggio

nella psiche

di una donna complessa

vi abbia regalato emozioni,

non dimenticate di seguirmi,

presto arriveranno altre uscite,

vi aspetto!"

Dove trovarmi

Facebook

<u>PAGE:</u> Ossessione d'amore

Peccato Oscuro

Waveful

<u>profile</u> MeredithOwen

<u>tsunami</u> PASSIONANDLOVE

HEART.PEACE

EROTICPLEASURE

WRITERANDREAD

www.ingramcontent.com/pod-product-compliance
Lightning Source LLC
Chambersburg PA
CBHW072109150726
47999CB00005B/1961